SA ARY
P9-ECN-359
SACRAMENTO, CA 95814
12/2021

TORRENTS-DALMASES

# LA MASIA, LA ESCUELA DE LOS SUEÑOS

-1-

Ilustrador: Cesc Dalmases
Asistente: Marc Black
Guion: Eduard Torrents
Color: Miquel Aloy y Isàvena Comeras
Color de la cubierta: Bruno Tatti
Maquetación: Harold Peiffer

M

Este álbum es para Denis, Oriol, Martí y Leo Messi

Eduard

Para Pam, Leo y Bruel, mi familia bonita!

Agradecimientos:
A Ricard Efa por ponerme en contacto con Denis Lapière
y a Denis Lapière por confiar en mi trabajo.
A Eduard Torrents por escribir una historia
de sueños y lecciones de vida.
A Miquel e Isàvena por el gran trabajo de color
y a Marc por la ayuda con los fondos.

Cesc

Papel certificado por el Forest Stewardship Council®

Título original: *La Masia, l'école des rêves*

Primera edición: abril de 2020



Printed in Spain – Impreso en España

ISBN: 978-84-18038-07-5
Depósito legal: B-4.139-2020

Compuesto en Compaginem Llibres, S. L.

Impreso en Egedsa
Sabadell (Barcelona)

GT 3 8 0 7 5

Penguin
Random House
Grupo Editorial

¡BARÇA! ¡BARÇA! ¡BARÇA!
¿SEGURO QUE NO TENÉIS HAMBRE, CHICOS? SI NO, TENDREMOS QUE ESPERAR A LA MEDIA PARTE.
NO, NO, HEMOS MERENDADO BIEN EN LA MASIA.
MESSI

BUENO, PERO LUEGO IREMOS A POR LOS BOCADILLOS, MANU, QUE TÚ NO HAS COMIDO NUNCA EL BOCADILLO DE BUTIFARRA, ¡LA ESPECIALIDAD DEL CAMP NOU!
QUIM, ¿A QUE NO EXAGERO?
¡JA, JA, JA! ES VERDAD, LOS HACEN BUENÍSIMOS.

¡EH, QUE YA EMPIEZA!
PWEEEEP

OOOEEEEE...
¿QUÉ OPINAS, MANU?
¿ALGÚN DÍA NOSOTROS TAMBIÉN LLEGAREMOS A JUGAR EN EL PRIMER EQUIPO?
OOEEEEE... OOO

¡NI LO DUDES!

SEIS MESES
ANTES.

PAM

PAM

PAM

PAM

PAM
PAM
¡HOLA, MAMÁ, SOY YO!
HOLA, BONITA, ¿CÓMO HA IDO EL DÍA?
PAM
BIEN, UN POCO CANSADA. HOY HA HABIDO MUCHO AJETREO EN LA TIENDA.
HE COMPRADO PAN Y ALGO DE FRUTA.
PAM
¿Y SANTIAGO? ¿NO VIENE CONTIGO?
NO, HOY TIENE TURNO DOBLE, ASÍ QUE NO VENDRÁ A CENAR.
PUES HABLANDO DE LA CENA, ESTO ESTÁ A PUNTO. LLAMA A MANU, QUE SUBA YA.
PAM

PAM

¡MANU!
PAM

POK POK POK
¡HOLA, MAMÁ!
SUBE, CARIÑO, ES LA HORA DE CENAR.

¡TOMA YA!

¡OEEE!

¡VAMOS, VAMOS!

¡GOOOL!
PERO BUENO, ¿QUÉ PASA?, ¿TENGO QUE PONER YO LA MESA O QUÉ? ¡VENGA, QUIM, APAGA YA ESO!

¡HALA!, ¿Y ANNA QUÉ?
¡EY!

PERO ¿QUÉ PASA QUE NO ESTÁ PUESTA LA MESA?

MANU, TE TOCA A TI.
A VER, CUÉNTANOS...

¿EN QUÉ ERES ESPECIALISTA?

YO SOY EXPERTO EN...
SOC EXPERT EN FUTBOL.

¡FÚTBOL!
¡VENGA, VAMOS!
¿OTRA VEZ FÚTBOL? ¿ES QUE NO SABÉIS JUGAR A OTRA COSA?

¡VENGA, VAMOS!

PLOK

POK

SKRRRRTSSSH
TZAK

¡MUY BIEN! ¡NO DEJA PASAR NI UNA!

¡OOOH! CÓMO SE HA IDO...

POK
POK

¡GOOOL!

QUÉ GOLAZO...
YA TE LO DIJE, SANTIAGO, QUE TU HIJO ES MUY BUENO...

¡SERÁ POSIBLE! ¡MIRA LO QUE HACE! ¡QUÉ FALTA DE RESPETO!

TIK
TIK
TIK
CFV

TIK
TIK
TIK

RAMON...

DISCULPA, ¿PUEDO HABLAR CONTIGO UN MOMENTITO?

¡MUY MAL, MANU! ¡NO ME HA GUSTADO NADA! ¿DÓNDE HAS APRENDIDO ESO?
¿EH? ¿EL QUÉ, ABUELA? ¿EL GOL?

¡QUÉ GOL NI QUÉ PUÑETAS!
¿PUES QUÉ?

¡LA CELEBRACIÓN! ¿DÓNDE HAS APRENDIDO ESO? ¡VAYA UNA FORMA DE CELEBRAR EL GOL! ¿QUÉ PENSARÁN TUS COMPAÑEROS?
¿POR QUÉ? ¿NO TE HA GUSTADO?

¡TE VAS TÚ SOLO Y EMPIEZAS A HACER EL MONO! ¿Y DICES QUE SI ME HA GUSTADO? NO, NIÑO, NO, LOS GOLES SE CELEBRAN CON LOS COMPAÑEROS. EL GOL NO ES TUYO, ES DEL EQUIPO, TODOS PARTICIPAN.
SI TE VAS TÚ SOLO A CELEBRARLO, LES ESTÁS DICIENDO QUE LO HAS MARCADO TÚ SOLO, ES UNA FALTA DE RESPETO, ¡Y ADEMÁS NO SIGNIFICA NADA!

¿TÚ QUIERES CELEBRAR EL GOL DE UNA FORMA BONITA Y RESPETUOSA? TE VOY A ENSEÑAR CÓMO HACEMOS LAS CELEBRACIONES EN GUINEA.
MIRA, ESTE GESTO SIMBOLIZA EL AMOR, LA FAMILIA Y LA COMUNIDAD. VENGA, ¡HAZLO CONMIGO!

¡MUY BIEN! CLARO QUE SÍ, ¡ESTO YA ES OTRA COSA!
¿ASÍ?
MIRE, SANTIAGO, CREO DE VERDAD QUE MANU TIENE MUCHO NIVEL.
NO ES SOLO QUE LE PONGA GANAS Y QUE CORRA COMO UNA GACELA, ES QUE ADEMÁS TIENE UNA TÉCNICA ESPECTACULAR PARA UN NIÑO DE SU EDAD.

CREO SINCERAMENTE QUE ESTE EQUIPO SE LE ESTÁ QUEDANDO PEQUEÑO, Y ES POR ELLO QUE...

... ME GUSTARÍA PRESENTARLE A ALGUIEN.
¿SEÑOR SALDANHA? ENCANTADO.

HE VISTO EL PARTIDO DE SU HIJO, Y ME PARECE QUE ES UN CHICO MUY PROMETEDOR.
ME GUSTARÍA PROPONERLE QUE MANU HAGA UNA PRUEBA EN LAS INSTALACIONES DEL...

¡¿DEL BARÇA?!
¿PERO CÓMO, EL BARÇA? ¿ESTÁS SEGURO?
SÍ, MARTA, SEGURO. AQUÍ TIENES LA TARJETA.
MADRE MÍA... SÍ QUE ES EL BARÇA...
FRANCESC REGÀS
SERVEIS TÈCNICS
F.C.BARCELONA
PERO, NO SÉ RAMON... NOSOTROS VIVIMOS EN VILANOVA. BARCELONA NOS QUEDA MUY LEJOS. LOS DOS TRABAJAMOS, NO PODEMOS ESTAR SUBIENDO Y BAJANDO CADA DÍA...
NO, ESPERA, ESTATE TRANQUILA, QUE NO HEMOS LLEGADO AÚN A ESO. SOLO ES UN PARTIDO DE PRUEBA, EL SÁBADO. LO PUEDO LLEVAR TRANQUILAMENTE...

ADEMÁS, SEGURO QUE TODO QUEDARÁ EN NADA. EN EL BARÇA TODOS TIENEN MUCHO NIVEL, SEGURO QUE HAY CHICOS BUENÍSIMOS.

LO MÁS PROBABLE ES QUE A QUIM NO LO COJAN...
BUFFF...

VAYA ROLLO...
2018

MESSI

SORTIDA
D'EMERGENCIA

MANU, NO HACES MUY BUENA CARA, CHICO. ¿ESTÁS BIEN?

SÍ, SÍ...
BUENO...
ESTOY UN POCO NERVIOSO.

¿NERVIOSO? ¿POR QUÉ, NERVIOSO?
ES SOLO QUE...

... TENGO MIEDO DE DEJAR PASAR ESTA OPORTUNIDAD.
¿OPORTUNIDAD DE QUÉ?

PUES... ¡DE SALIR DE AQUÍ!
¿DE AQUÍ? ¿QUÉ LE PASA A AQUÍ? ¿QUÉ TIENE DE MALO?

YA SABES, EL BARRIO...

A VER, MANU... VIVIMOS EN UN BARRIO, EN UN PUEBLO, EN UN PAÍS, QUE NOS ACOGIÓ CUANDO LLEGAMOS HACE TANTO TIEMPO, Y QUE AHORA ES NUESTRA CASA. TÚ YA NACISTE AQUÍ, Y TAL VEZ LO DAS POR SENTADO...

... PERO TENEMOS UN TECHO, TUS PADRES TIENEN TRABAJO Y CADA DÍA HAY UN PLATO EN LA MESA, QUE ES MUCHO MÁS DE LO QUE YO CONOCÍ CUANDO TENÍA TU EDAD. ASÍ QUE HAY QUE ESTAR AGRADECIDOS.
SI TE COGEN PUES MIRA, MUY BIEN, PERO NO POR JUGAR EN EL BARÇA VAS A SER MEJOR PERSONA, ¿SABES?
1 ESTACI

ADEMÁS, NO TE CORRESPONDE A TI HACERNOS SALIR NI A TI NI A TUS PADRES NI A NADIE DE NINGÚN LADO. ¡A TI TE TOCA SER UN NIÑO! ¿ME OYES?
SÍ.
IR A LA ESCUELA, APRENDER, JUGAR, PASÁRTELO BIEN...
SORTIDA D'EMERGENCIA

ASÍ QUE, ESTA MAÑANA, CUANDO LLEGUEMOS A LAS INSTALACIONES DEL CLUB Y TE ENCUENTRES A TODA ESA GENTE TAN PROFESIONAL Y A ESOS NIÑOS TAN BUENOS JUGANDO EN ESOS CAMPOS DE CÉSPED TAN VERDE...
¿ME PROMETES QUE TE LO PASARÁS BIEN?

FCB

FCB
ESO ES, PONEOS LOS PETOS.
OYE, QUÉ BIEN OS QUEDAN, ¿NO? ¡MÍRALOS QUÉ GUAPOS! ¡SÍ PARECEN DEL PRIMER EQUIPO!
¡JA, JA, JA!
BEKO
BEKO
BEKO
BEKO

¡VENGA, CHAVALOTES! HACED MUCHO CASO AL ÁRBITRO Y A LO QUE OS DIGAN. ¿VALE?

JUEGO LIMPIO Y A PORTARSE MUY BIEN.

Y SOBRE TODO: AQUÍ HAY QUE VENIR CON GANAS DE DISFRUTAR... ¿DE ACUERDO?

PUES VENGA, PREPARAOS ¡QUE EMPIEZA EL PARTIDO!

PWEEEEP

PLOK

¡MÍA!
POK

FCB

¡HOP!
POK
POK

¡AH!
PLOF

¡UFFF!
PLOM

PLOK

¡AQUÍ!
¡CÚBRELO!
PLOF

POK

POK
POK

KRRTS

TZAK

PWEEEEP

VENGA, VAMOS, ES FALTA.

CAMBIO. ¡LOS DOS!

VAMOS, CHICOS, HAY CAMBIO.

¡BIEN, CHAVALES, BIEN! Y TRANQUILOS, QUE TIENEN QUE JUGAR TODOS.

NO ES JUSTO...

ME AGARRARON DE LA CAMISETA Y POR CULPA DE ESO NO JUGARÉ EN EL BARÇA.

NO ES JUSTO... SE QUEDABA SOLO, LO TENÍA QUE PARAR. YA SE SABE QUE ES FALTA, PERO ES LO QUE SE ESPERA DE UN DEFENSA, ¿NO? QUE CORTE LA JUGADA...

Y POR CULPA DE ESO NO JUGARÉ EN EL BARÇA.

NO ES JUSTO...

MANU, TÍO, ¿A QUÉ ESPERAS? VEN A JUGAR. SOMOS DIEZ, ¡VAMOS A HACER UN PARTIDO!

QUE NO QUIERO, DEJADME EN PAZ...

¿NO TIENES HAMBRE, HIJO?
BUENO... ENTONCES, MARTA, EL DÍA EN EL DESPACHO BIEN, ¿NO?

DRIIIIING

DRIIIIING

Eric Castel

DRIIIIING

Eric Castel

PLIP

¿QUÉ? MAMÁ, ¿QUÉ?

¡TE HAN COGIDO!

més que un club
LA MASIA
¡BIENVENIDOS A LA MASIA!

TÚ DEBES DE SER MANU, ¿VERDAD?, ¿LOS SEÑORES SALDANHA?
SÍ, SOMOS NOSOTROS.

ENCANTADO, YO SOY FERRIS, EL ENCARGADO DE LA RECEPCIÓN. CUALQUIER COSA QUE NECESITÉIS, YA SABÉIS, PODÉIS CONTAR CONMIGO.
POR FAVOR, PASAD. JUSTO ACABA DE LLEGAR LA FAMILIA DEL CHICO QUE COMPARTIRÁ HABITACIÓN CONTIGO. VENID, OS LOS VOY A PRESENTAR.

AH, AQUÍ ESTÁN, LA FAMILIA DOMÈNECH.

BUENO, SI OS QUERÉIS IR CONOCIENDO, AHORA VUELVO, QUE TENGO QUE IR A RECIBIR A OTRAS FAMILIAS...

HOLA, ME LLAMO RAMON, Y ESTA ES MI MUJER, MARTA.
ENCANTADO, YO SOY SANTIAGO.

UN PLACER.
MILAGROSA, ENCANTADA, Y MI MADRE, ESPERANZA.

EH... BUENO, ¿OS GUSTARÍA IR A TOMAR ALGO Y NOS CONOCEMOS UN POCO? ¿UNA CERVECITA?

EH...
NO BEBEMOS ALCOHOL.

¡AH!
¿UN CAFÉ, ENTONCES?

¡JA, JA, JA!
SÍ, CLARO, UN CAFÉ. ¡VAMOS!

ESTA ES VUESTRA HABITACIÓN, ¿QUÉ OS PARECE? ES CHULA, ¿VERDAD?

OS DEJO QUE OS INSTALÉIS, ¿VALE?
VALE.

ME COGISTE DE LA CAMISETA...
¡BUFFF, SÍ! Y AL MOMENTO NOS CAMBIARON... ¡PENSABA QUE NO NOS ESCOGERÍAN!

PERDONA, ES QUE TE IBAS SOLO, ¿SABES? TENÍA QUE PARARTE...
SOY MANUEL, PERO TODO EL MUNDO ME LLAMA MANU.

SÍ, ¿EH? PUES YO SOY QUIM, ¡Y NI SE TE OCURRA LLAMARME JOAQUIM!

PIIPIIPIIP...
6:45
MR
15°
TRES MESES MÁS TARDE.

¡HASTA LUEGO, FERRIS!
¡ADIÓS!

SALIDA DE
EMERGENCIA

... LO PONEMOS EN EL DIVIDENDO Y ESTE EN EL SUSTRAENDO. POR TANTO, EL RESULTADO DE LA FRACCIÓN...

BUFFF... ESTO ES COMPLICADO.
NO, HOMBRE. MIRA, SOLO HAY QUE RESTARLO Y YA LO TIENES.

UFFF... NO PUEDO MÁS.
CLARO QUE PUEDES, VENGA, ¡ARRIBA!

22:03

A VER, CHICOS, DECIDME. ¿EN QUE EQUIPO ESTÁIS JUGANDO?
¡EN EL BARÇA!
¡EN EL BAAARÇA!
MUY BIEN. ¿Y QUIÉN ME SABE DECIR EN QUÉ SE BASA EL ESTILO DE JUEGO DEL BARÇA?

¡EN IR AL ATAQUE!
¡EN HACER MUCHOS PASES!
¡EN LOS REG...!
EN... ¡EH, NO SE VALE! ¡ESO LO IBA A DECIR YO!

TODOS TENÉIS RAZÓN, PERO LO QUE RESUME EL ESTILO DE JUEGO DEL BARÇA ES:
TENER LA POSESIÓN DEL BALÓN.
Y A TRAVÉS DEL BALÓN, CONTROLAR EL PARTIDO. PARA ELLO: ABRE EL CAMPO A LAS BANDAS, BUSCA SUPERIORIDADES NUMÉRICAS, MAREA AL CONTRARIO...

TODO LO QUE CARACTERIZA EL JUEGO DEL BARÇA SE BASA EN TENER LA PELOTA. SI LA TIENES TÚ, NO LA TIENE EL CONTRARIO. ¡ASÍ DE SIMPLE!

Y LO MEJOR PARA APRENDER A EVITAR QUE TE QUITEN LA PELOTA ES EL RONDO. ASÍ QUE VENGA, GRUPOS DE SEIS.

PASES RÁPIDOS, AL PRIMER TOQUE, ¡INTENSIDAD!

¡BUFFF! NO ENTIENDO NADA, ESTO ES DIFICILÍSIMO.

¿QUÉ TE PASA?

SÍ, HOMBRE, ESTO ES FÁCIL. PRIMERO TIENES QUE SUMAR SIEMPRE LO QUE ESTÁ ENTRE PARÉNTESIS Y LUEGO MULTIPLICAS EL TOTAL.

¿VES?
ES CUESTIÓN DE PARARSE A PENSAR Y HACER SIEMPRE LO MÁS LÓGICO. SI LO HACES ASÍ, LAS MATES SON HASTA DIVERTIDAS.
AH, ES VERDAD, AHORA SÍ QUE DA. ¡GRACIAS, TÍO! ¡TENÍA LA CABEZA HECHA UN LÍO!

VENGA, ACABEMOS LOS DEBERES Y VAYAMOS A DORMIR, ¡QUE MAÑANA HAY PARTIDO!

PWEEEEP

TZAK

DOS A UNO, ¡NO HAY QUE BAJAR LA GUARDIA!

PLOK

POK

¡AY!
KRAK

¡ÁRBITRO! ¡CAMBIO!
QUIM, ¿CÓMO ESTÁS?
¿PUEDES LEVANTARTE?
NO... CREO QUE ME HE HECHO DAÑO...

UNAS HORAS MÁS TARDE.
Serveis Mèdics
Dra. M. Boné
... UNA ELONGACIÓN DE LOS LIGAMENTOS CRUZADOS ANTERIORES DE LA RODILLA.

¿Y ESO ES GRAVE?
BUENO, ES UN ESGUINCE, NO UNA ROTURA. DE TODAS MANERAS, ES UNA LESIÓN IMPORTANTE Y PODRÍA HABER SIDO MUCHO MÁS GRAVE.

PERO NO ES NADA QUE NO SE PUEDA CURAR HACIENDO REPOSO, CON SESIONES DE FISIOTERAPIA Y LIMITANDO LA MOVILIDAD DE LA PIERNA.
ASÍ QUE YA SABES, A DESCANSAR UNAS SEMANAS Y A HACER CASO A LO QUE TE DIGAN LOS TUTORES, ¿VALE?

VENGA, CHICO, YA VERÁS CÓMO TE RECUPERAS PRONTO.
¿Y LOS ENTRENOS?
BUENO, TE PERDERÁS ALGUNOS, DESDE LUEGO, PERO ASÍ LUEGO VOLVERÁS CON MÁS GANAS, YA VERÁS.

¡QUIIIM! VENGA, TÍO, ¡ÁNIMO!
QUÉ VALIENTE, TÍO, NO HAS LLORADO.
¡EY! ¡BRAVO!

GRACIAS POR VENIR, DE VERDAD.

¡AY, POBRE QUIM! ¿Y SIGUE EN LA MASIA?

CLARO, SIGUE EN LA ESCUELA, NO PUEDE PERDERSE LAS CLASES. PERO EL POBRE POR LAS TARDES SE ABURRE MUCHO PORQUE NO PUEDE PARTICIPAR EN LOS ENTRENOS.
DALE MUCHO ÁNIMO. ES TU AMIGO, CUÍDALO BIEN, ¿EH?

SÍ, SÍ, YO YA LE DIGO MUCHAS TONTERÍAS PARA HACERLO REÍR Y NO DEJO QUE SE AGOBIE.
BIEN, OS ECHO DE MENOS.
¡JA, JA, JA! MUY BIEN PEQUEÑO, ¿Y TÚ CÓMO ESTÁS?
BUENO, YA ES JUEVES Y MAÑANA VIENES A CASA.

VAYA, ESTÁS LESIONADO, ¿NO? ¿MUY GRAVE?

EEEHM... ESGUINCE, SÍ, DE LA RODILLA, LOS LIGAMENTOS ANTERIORES...
¿CRUZADOS? UFFF, QUÉ ROLLO, ¿EH?

BUENO, TODOS HEMOS PASADO POR ESO, ¿SABES? HAY QUE TENER PACIENCIA Y MUCHO ÁNIMO.

Y MIENTRAS NO TE RECUPERAS, APROVECHA, ¿EH? NO PIERDAS EL TIEMPO. ESTÁS EN UNA ESCUELA QUE TE DA UNA OPORTUNIDAD MUY BUENA: JUGAR EN EL INFANTIL DEL BARÇA Y A LA VEZ PODER COMPAGINARLO CON LOS ESTUDIOS.
ASÍ QUE AHORA QUE TIENES MÁS TIEMPO, ¡APROVÉCHALO Y ESTUDIA!

PIENSA QUE LO IMPORTANTE, EN EL FÚTBOL Y EN LA VIDA, NO ESTÁ AQUÍ...

... SINO AQUÍ.

MERCAT DE SALT

LA VERDAD ES QUE ME LO PASO MUY BIEN. ESO SÍ, POR LAS NOCHES ESTOY DESTROZADO, ¡DUERMO COMO UN TRONCO!
BUENO, SI QUIM ME DEJA. RONCA MUCHO, ¿SABES?
¿AH SÍ? TÚ HAZ COMO YO HACÍA CON TU ABUELO, LEVÁNTATE Y ¡DALE PATADAS!
EL R

¡JA, JA, JA!
SIN HACERLE DAÑO, ¿EH?

ABUELA, ¿QUÉ PASA?
¡UFFF!

UY, DAME UN MOMENTO...
¿ESTÁS BIEN?

SÍ, SÍ, YA SE ME PASA.
¿QUÉ TE DUELE?

SIGUE CONTÁNDOME COSAS DE LA ESCUELA.
PERO, ¿SEGURO QUE ESTÁS BIEN?
¡CLARO, CLARO!

ASÍ QUE QUIM RONCA, ¿EH?
¡JA, JA, JA! PUES SÍ, TENDRÍAS QUE OÍRLO...

VENGA, DEJA LAS MULETAS, YO TE AYUDO.

CASI NO ME DUELE...
CLARO, BURRO, TE ESTÁS RECUPERANDO. PASO A PASO, CADA DÍA ESTÁS MÁS FUERTE.
YA VERÁS COMO DENTRO DE NADA PODRÁS VOLVER A CORRER COMO UN IDIOTA.

¡JA, JA, JA!
¡JA, JA, JA!

TORREIRA
11

6
Rakuten
POK
POK

Rakuten

VENGA, LEO, VENGA...
UY, ¡QUÉ JUGADA!

¡FALTA!
MANU, DISCULPA, ¿PUEDES VENIR UN MOMENTO? TIENES UNA LLAMADA.
¡TARJETA!
¡HALA! ¡QUÉ FALTA!

FCB

MESSI
10
Fly Emirates

Rakuten

¿PERO CÓMO HA PODIDO PASAR? ¡SI ESTABA BIEN!

GOOOOOOL!

¿QUÉ HA PASADO?
¡NO PUEDE SER!

ES SU ABUELA.

¡BUENOS DÍAS, CHICOS! ¡HOY TENEMOS UNA SORPRESA!

¡QUIM! ¡HAS VUELTO!
¡JA, JA, JA! ¡GRACIAS!
¡EEEY, QUIIIM!
¡BIENVENIDO!

VENGA, AHORA YA NO HAY EXCUSAS, ¿EH? ¡A ENTRENAR A FONDO!
¡BRAVO!
¡PUEDES CONTAR CON ELLO!

CINCO AÑOS MÁS TARDE.
EL EXTREMO DEL ATHLETIC SUBE POR LA BANDA DERECHA...
... DRIBLA A LA DERECHA, SALVA AL DEFENSA Y SIGUE ROMPIENDO LÍNEAS... CENTRA EL BALÓN, EL DELANTERO LO BAJA CON HABILIDAD...
¡ATENCIÓN, QUE HAY PELIGRO! SE PLANTA SOLO DELANTE DEL PORTERO...
¡PERO QUIM CORTA LA JUGADA CON ACIERTO!
POK
¡QUÉ BIEN COLOCADO ESTABA! FÍJATE QUE SE HA IMPUESTO CON MUCHA SEGURIDAD. ESTE QUIM MUESTRA UNA VETERANÍA IMPROPIA PARA SU EDAD.
PLOK
ATENCIÓN, QUE EL RECHACE FAVORECE AL BARÇA, QUE ARRANCA EL CONTRAGOLPE...
MANU ABRE EL BALÓN A LA BANDA, MARTÍ SE LO DEVUELVE MUY ALTO...
PLOK
¡OH! ¡LO CONTROLA CON LA CABEZA, ATENCIÓN AL REMATE!
¡GOOOL! ¡GOOOL DEL BARÇA!
PLOK

¡QUÉ MARAVILLA DE CONTROL! ¡Y EL REMATE NO ERA SENCILLO! MANU HA GOLPEADO EL BALÓN TAL COMO CAÍA Y EL PORTERO NO HA SIDO CAPAZ DE PARARLO.
¡GRAN ACIERTO DEL JOVEN DELANTERO DEL BARÇA, QUE ADELANTA A SU EQUIPO EN EL MARCADOR!
Y AHÍ VEMOS SU CELEBRACIÓN PARTICULAR...

¡GOL!
¡JA, JA, JA!

NI DE COÑA, LO HE PARADO.
¿QUE LO HAS PARADO? ¡AHORA TE ENTERARÁS!

¡EEEY!
SPLASH!

GRACIAS POR INVITARME A PASAR EL FIN DE SEMANA.
¡JA, JA, JA! CLARO, TÍO, ¡HAY QUE APROVECHAR LA PISCINA!
SE ESTÁ GENIAL, CON EL CALOR QUE HACE... PERO DEBERÍAMOS IR A ESTUDIAR, QUE EL LUNES TENEMOS EXAMEN...

AAAH, ESTUDIAR... ¿PARA QUÉ ESTUDIAR TANTO, SI LO QUE QUEREMOS ES SER FUTBOLISTAS?
¿FUTBOLISTAS? OJALÁ, PERO NADIE TE ASEGURA QUE ACABES JUGANDO... MÁS VALE APROVECHAR LA OPORTUNIDAD QUE NOS DA EL CLUB Y NO FALLAR EN ESTOS EXÁMENES.

SÍ, TIENES RAZÓN. MEJOR VAMOS SALIENDO...

escola LLE

¡TIEMPO! ENTREGAD LAS HOJAS.
DRIIIIIN...

¡MANU! ¿QUÉ TAL TE HA IDO?
¡MUY BIEN, CREO!

¡SÍ, A MÍ TAMBIÉN!
PAF
¡CHOCA!

LOCAL
0 45:00 0
VISITANT
FC BARCELONA
RCD MADRID
¡POR FIN LLEGA EL PARTIDO MÁS ESPERADO POR LOS JUGADORES DE LOS EQUIPOS DE CADETES!
SE ENFRENTAN LOS DOS EQUIPOS HISTÓRICAMENTE RIVALES, QUE ADEMÁS SE ESTÁN DISPUTANDO LA PRIMERA POSICIÓN DEL CASILLERO.
UN PARTIDO DE ALTO NIVEL QUE ESTOS CHICOS SEGURO QUE SE TOMARÁN MUY EN SERIO.

Rakuten
Fly Emirates

PLOK
Fly Emirates

POK
¡AAAH!
¡NO!

SE TRATA DE UNA ROTURA DE LOS LIGAMENTOS CRUZADOS. ES LA MISMA LESIÓN QUE LO HA IDO PERSIGUIENDO DESDE PEQUEÑO, PERO ESTA VEZ ES MUCHO MÁS GRAVE. VAMOS A TENER QUE INTERVENIRLO QUIRÚRGICAMENTE.
¿UNA INTERVENCIÓN? PERO... ¿CUÁNTO TIEMPO TARDARÁ EN RECUPERARSE?

ES UNA OPERACIÓN COMPLEJA, PUEDEN PASAR ENTRE CUATRO MESES Y MEDIO AÑO HASTA QUE VUELVA A PODER ANDAR PERFECTAMENTE.
¿MEDIO AÑO? ¿ANDAR?

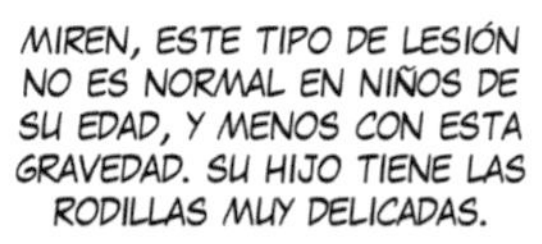
MIREN, ESTE TIPO DE LESIÓN NO ES NORMAL EN NIÑOS DE SU EDAD, Y MENOS CON ESTA GRAVEDAD. SU HIJO TIENE LAS RODILLAS MUY DELICADAS.

LE HAREMOS UN SEGUIMIENTO MUY CERCANO DURANTE TODO EL PERÍODO DE RECUPERACIÓN, DESDE LUEGO..., PERO ME TEMO QUE LAS EXIGENCIAS DE ESTE TIPO DE COMPETICIONES SON MUY ELEVADAS Y SU FÍSICO NO LE VA A PERMITIR ADAPTARSE A ELLAS CON NORMALIDAD.

LO QUE LES ACONSEJAMOS ES QUE SU HIJO DEJE EL FÚTBOL DE COMPETICIÓN.

UNAS SEMANAS MÁS TARDE.
KNOK KNOK...
QUIM, CARIÑO, TIENES UNA VISITA.
¿SÍ?

HOLA, QUIM.
¡MANU!
¡EYYY! ¡QUÉ ALEGRÍA VERTE!
¿CÓMO ESTÁS?

BIEN, BUENO, YA SABES... CASI NO ME DUELE, PERO ES MUY PESADO...
QUIM, TÍO, ME SABE MUY MAL...

SIENTO MUCHO QUE YA NO PUEDAS SEGUIR EN EL EQUIPO.

BUENO, PUES SÍ, ES UNA FAENA... A MÍ TAMBIÉN ME SABE MAL, PERO NO HAY OTRA OPCIÓN, MALA SUERTE... YA ME HE HECHO A LA IDEA.

¡EY! HAY OTRAS COSAS EN LA VIDA APARTE DEL FÚTBOL, ¿VERDAD?
¡FÍSICA! TE LO ESTÁS TOMANDO EN SERIO, ¿NO?

CLARO QUE SÍ, ME ESTOY ESFORZANDO AL MÁXIMO, ¿Y SABES QUÉ? ME LO ENSEÑASTE TÚ HACE MUCHOS AÑOS: SI LE ECHAMOS SUFICIENTES GANAS, NO HAY NADA QUE SE NOS PUEDA RESISTIR.

¿ESO TE ENSEÑÉ YO?
SÍ, MANU. PROMÉTEME QUE LO HARÁS TÚ TAMBIÉN. YO TE PROMETO QUE ME ESFORZARÉ CON LOS ESTUDIOS, PROMÉTEME QUE TÚ HARÁS LO MISMO CON LOS ENTRENOS.
¡JA, JA!

TE LO PROMETO.

TRES AÑOS MÁS TARDE.
¡EY, QUIM!
EY, ¡HOLA, NÚRIA!
¿QUÉ TAL? ¿VAMOS?
CLARO, VAMOS. ¡HASTA LUEGO, CHICOS!
¡ADIÓS!
ESCOLA TÈCNICA SUPERIOR D'ENGINYERS INDUSTRIALS DE
UNIVERSITAT POLIT
DE CATALUNYA
TENGO UN MENSAJE.

MANU
¡ES MANU!
Mchos nervsss! Hoy es l dia!!!;P
18:36
Mchos nervsss! Hoy es l dia!!!;P
18:36
Lo harás de cña!!!
Ahra vams al campo :-) :-)
18:49

VAMOS, ¡NO QUEREMOS
LLEGAR TARDE!

FES-TE
SOCI
HAZTE
SOCIO
JOIN US
3
3

¡SANTIAGO, MILAGROSA!

¡QUIM! ¿CÓMO ESTÁS?
¡HOY ES EL GRAN DÍA!
A VER, A VER...

SUBE, SUBE, ¡CUBRE EL FLANCO!

BARÇA! BARÇA!
BARÇA! BARÇA!

SANTIAGO, ¿CREES QUE LO SACARÁ?
BARÇA! BARÇA!
NO LO SÉ.
BARÇA! BARÇA!

¡BIEN, BIEN! ¡ACORTA EL ESPACIO!

¡FALTA!

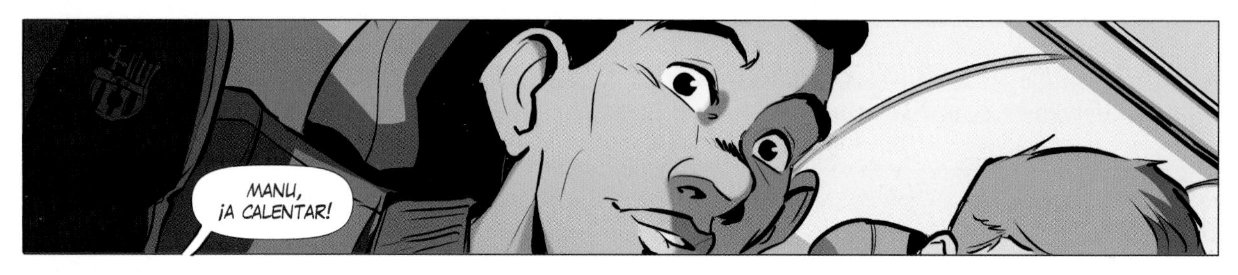
MANU, ¡A CALENTAR!

¡MIRA, ES MANU!

¡AY, QUÉ NERVIOS! ¡MANU VA A DEBUTAR CON EL PRIMER EQUIPO!

11 23

¡VENGA, CHICO!
¡A POR ELLOS!
UMTITI
23

PWEEER

OOOH!
OOOH!

¡GOOOL!
¡GRANDE, MANU!
¡QUÉ GOLAZO!
ABUELA, ALLÁ DONDE ESTÉS, ES PARA TI.
TORRENTS ~ DALMASES ~ 2019.